Para Nikulás

BLUME

Título original:
Albert

Traducción:
Lluïsa Moreno Llort

Coordinación de la edición en lengua española:
Cristina Rodríguez Fischer

Primera edición en lengua española 2004

© 2004 Art Blume, S. L.
Av. Mare de Déu de Lorda, 20 - 08034 Barcelona
Tel. 93 205 40 00 Fax 93 204 14 41
E-mail: info@blume.net
© 2004 Frances Lincoln Limited, Londres

I.S.B.N.: 84-9801-010-1
Impreso en Singapur

CONSULTE EL CATÁLOGO DE PUBLICACIONES *ON-LINE*
INTERNET: HTTP://WWW.BLUME.NET

J SP PICT BK YAMAMOTO, L.
Yamamoto, Lani
Alberto

$14.95
NEWHOPE   31994012286958

Volvía a llover...

y Alberto ya había salvado todos los animales de la inundación,

había nadado con los tiburones,

y por fin había conseguido encontrar el tesoro de los piratas.

Ya no sabía qué más hacer. ¡Qué aburrimiento!

Fuera, las gotas de lluvia eran cada vez más grandes
y hacían más ruido al caer.

Alberto se puso a pensar...

«Si estoy en mi casa...,

y mi casa está en la calle...,

cerca del parque...,

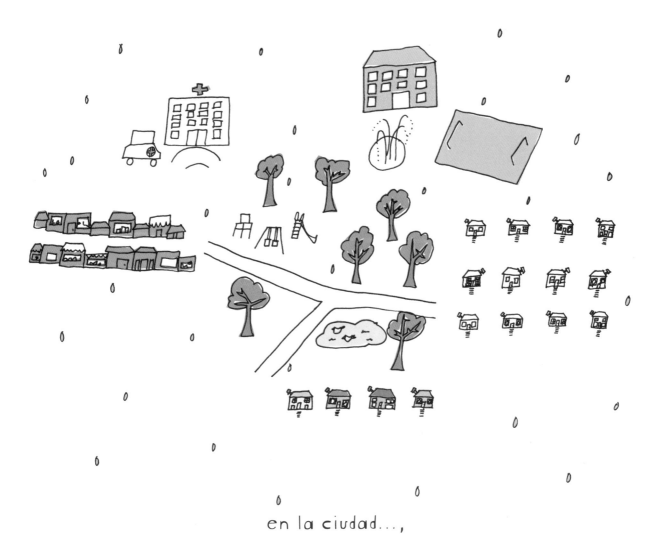

en la ciudad...,

y la ciudad está en el país...,

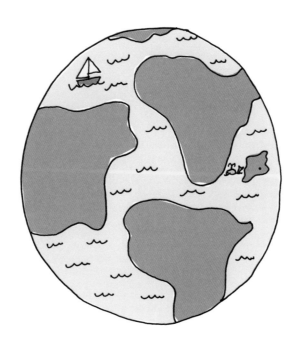

y el país está en la Tierra...,

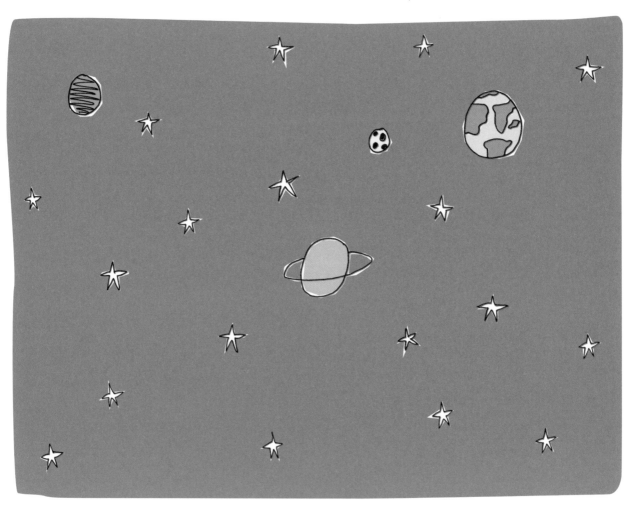

y la Tierra está entre las estrellas y los planetas...,

en el universo...

Entonces, ¿dónde está metido, el universo?»

—¿Qué haces, cariño? —preguntó la madre de Alberto desde el piso de abajo.

—¡Nada, mamá! —respondió Alberto con una sonrisa.

Pero Alberto estaba a punto de iniciar una gran aventura.